cantei para você morrer

denize
ricardi

cantei para você morrer

Epígrafe Sonora

AHA – "Stay on these roads" (1988)

Almir Sater – "Tocando em frente" (1992)

Annie Lennox – "Walking on broken glass" (1992)

Antonio Carlos Jobim – "Dindi" (1980)

Audrey Hepburn – "Moon River" (1961)

Charles Trénet – "Que rest-t'il de nous amour" (1975)

DJ BoBo – "Keep on dancing" (1993)

Earth Wind and Fire – "That's the way of the world" (1975)

Eletric Light Orchestra – "Last train to London" (1979)

George Benson – "Love X love" (1980)

KC & The Sunshine Band – "Keep it comin' love" (1976)

Louis Armstrong – "La vie en rose" (2003)

Nat King Cole – "Unforgettable" (1951)

Nicole Henry – "Waiting in vain" (2013)

Oleta Adams – "Get here" (1990)

Paul Hardcastle – "Smooth jazz is bumpin'" (2005)

Rita Lee – "Mania de você" (1979)

Rita Lee – "Caso sério" (1980)

Sade – "Kiss of life" (1992)

Seal – "Crazy" (1990)

Seals and Croft – "Summer Breeze" (1972)

Tears for Fears – "Everybody wants to rule the world" (1985)

The Bolshoi – "Sunday morning" (1986)

Coordenador editorial
Sálvio Nienkötter
Editor-executivo
Raul K. Souza
Editora-adjunta
Isadora M. Castro Custódio
Editores Assistentes
Daniel Osiecki
Francieli Cunico

Capa
Anderson Junqueira
Revisão
Ronald Monteiro
Adelaide Strapasson
Projeto gráfico
Andre Luiz C. Mendes
Produção
Cristiane Nienkötter

Dados Internacionais de Catalogação na Publicação (CIP)
Angélica Ilacqua - CRB-8/7057

Ricardi, Denize
Cantei para você morrer / Denize Ricardi. — Curitiba : Kotter Editorial, 2020.
96 p.

ISBN 978-65-86526-72-1

1. Contos brasileiros 2. Literatura brasileira I. Título

20-4070 CDD B869.93

Kotter Editorial
Rua das Cerejeiras, 194
82700-510 | Curitiba/PR
+55 41 3585-5161 | www.kotter.com.br | contato@kotter.com.br

1ª Edição | 2020

Prefácio

"Morrer talvez não seja muito difícil, se não tivermos pena de nós e do que deixamos, mas sobreviver à morte, que testemunhamos continuando vivos, carregando-a sobre os ombros, exige sangue frio e coragem" nos lembra a escritora portuguesa Isabela Figueiredo[1]. Denize nos prova essa coragem a cada linha de *Cantei para você morrer*. O livro começou a ser parido com muita dor, de uma longa, desconfortável e indesejada gravidez que fora. Contudo, ao olhar o rebento que surgia, tudo o que se sabe de amor não é suficiente para dar conta de explicar o que ali se fez — e que aqui está —, só sentir. E foi sentindo esse amor que Denize juntou os retalhos de uma vida, retalhos menores e maiores, regulares e irregulares, de alegrias e tristezas, cerzindo onde necessário, com costuras precisas e firmes, escarafunchando suas luzes e sombras, para nos presentear com os minicontos que agora você tem em mãos. Compartilhar histórias quebra barreiras, histórias reais e/ou ficcionais memorialísticas. Para fazer isso, porém, é necessário acreditar que as histórias têm valor. É preciso se assumir vulnerável e atrever-se. E Denize se atreve e ousa, e instiga, e nos convida a olhar esse seu novo livro de contos com a contemplação amorosa que todo recém-nascido inspira.

Cantei para você morrer está estruturado por temas, conquanto exista um desencontro cronológico, eles se imbricam entre os minicontos, nesse *trator feminino* [Folha de um diário 2] que expande um repertório construído numa vida que vem sendo vivida em sua intensidade.

O tempo costurado de forma aleatória, memória e lembranças que se confundem e que ajudam a se reconhecer como mulher, como mãe, como profissional, como amiga, como a força de se ser e de se estar. *O tempo que passa* [Relógio], *a compreensão do tempo do outro* [Amor], *de um tempo que só existiu na imaginação* [Idealização].

1 FIGUEIREDO, Isabela. *A gorda*. São Paulo: Todavia, 2018. p. 87.

Conheci Denize, essa sul-mato-grossense, em Curitiba, durante o mestrado em Linguística, pela UFSC. Atualmente, ela mora em Campo Mourão, no Paraná, mas Denize não é de um lugar só. Denize é do mundo. Formada em Letras, professora de inglês e estudiosa da escrita criativa, Denize se apropriou da escrita, inicialmente, como instrumento de sobrevivência, como os excludentes de ilicitude de estado de necessidade ou de legítima defesa. Ela conseguiu demonstrar isso, *com o começo no mundo das palavras poéticas* [Num antigo caderno: Jurandir], em *uma caneta, um caderno...* [Desavisado]. Ela se salvou e, com isso, sua escrita se expandiu: filosofia? *O que você está fazendo de sua vida? O que você quer realmente? Você vai morrer, não sabe?* [Atitude] e saiu dos diários. Ousou o mundo. *Ela pegou seu filho pequeno e mudou de cidade, de novo* [Ele não se importa]: *Cidades* que o diga. A escrita não é mais só dela. É de quem a quiser.

A professora que recebe confidências que comprovam o seu aforismo de que quanto mais se dá, mais se recebe. E de ter aprendido que a gratidão vem de lugares e pessoas que menos se espera.

Ler continuamente ou abrir ao acaso, a escolha é sua, leitor e leitora. Sempre será agraciado com alguma emoção, de alegria ou tristeza, de raiva ou medo, mas jamais de indiferença.

Cantei para você morrer pode ser melancólico, mas é uma ode à vida; afinal, *vida e morte andam juntas* [Sala].

Adelaide Strapasson

Para o meu pai.

Sumário

amor 11

morte 23

casamento 35

filho pequeno 43

tempo 49

leves 59

curtinhas 73

amor

Atitude

Minha amiga, filha de pai francês e mãe brasileira, viajou cinco horas de trem só para me encontrar em Paris. Estava doente. Mesmo assim, foi me ver. Conversamos muito no pequeno quarto do hotel, enquanto ela descansava. Lá pelas tantas eu digo para ela: "O que você está fazendo da sua vida? O que você quer realmente? Quando você vai ter coragem de ir atrás do seu grande amor? Você vai morrer, não sabe?" Ela levou um choque. Saímos para passear. Ela andando bem devagar, tendo que parar a todo instante. Fomos à Torre Eiffel e à Notre Dame. Ela foi embora. Eu continuei a viagem e voltei para o Brasil. Nove meses depois, ela pega seus dois filhos adolescentes e vem me visitar, completamente diferente daquela mulher que eu tinha visto. Cheia de vida, forte, alegre. Ela me contou que se submeteu a um tratamento novo para doenças autoimunes e que foi, sim, atrás daquele que ela sempre amou. Que a química entre eles foi perfeita e ela queria me agradecer pelo chacoalhão que dei nela. Essa amiga corajosa, de muita atitude, me encanta e me enche de esperança de (re)encontrar meu grande amor também. Lembrando dos três requisitos básicos, claro...

Lei da Atração

Minha amiga mais feliz, historiadora especialista em África, não se conforma de eu estar sozinha há tanto tempo. Ela me diz jocosamente que devo investir na classe trabalhadora e deixar dessa bobagem de ser tão exigente. Ela brinca e me provoca: "Começa com -ista – motorista, frentista, manobrista. Se não der certo, passa pro -or – pintor, professor, contador". Chegou uma hora que isso me irritou e disparei: "Olha, doninha, para eu começar a conversar com um cara de novo ele precisa preencher três requisitos básicos: 1) Tem que ser bilíngue (no mínimo); 2) Precisa gostar de jazz, ou melhor, de vocal smooth jazz; e 3) Último, não menos importante, tem de discutir Foucault". Ah! Pra quê que eu fui dizer isso? Virou piada. "Como você não encontrou esse cara ainda? Foucaultiano tem em toda esquina". Aguentei calada a gozação. Mas essa mesma amiga, no dia de Santo Antônio, pediu pro santo uma alegria que fosse para suas amigas solitárias. Pediu com fé mesmo (somos muitas). E não é que naquela noite, num clube de leitura, não encontrei um cara que preenchia todos os requisitos? Quando descobri isso, falei para ele sem hesitar: "Menino, você não sabe o risco que está correndo!" Rimos juntos. Aliás, juntos tivemos conversas infindas; acabamos nos tornando grandes amigos, mas como tudo que é bom dura pouco, ele passou num concurso e foi embora para sua cidade. De qualquer forma, fiquei pensando que a força do pensamento é fantástica mesmo e que o santo, finalmente, parou de me ignorar.

Shakespeare and Company

Eu estava em Paris e fui visitar a famosa livraria. Uma graça, com suas salinhas abarrotadas de livros. De repente, ao entrar numa delas, me deparo com uma cena singela e delicada. Era um casal de idosos, ele bem alto, forte, muito branco e ela japonesa, miúda. Sentados bem juntinhos, olhavam um grande livro que estava apoiado nas pernas dela. Eles sussurravam um para o outro, enquanto se encantavam com o livro. Fiquei tão apaixonada pelos dois que saí de mansinho para não atrapalhar aquele momento tão deles. Essa visão foi mais bonita que qualquer livro que eu pudesse comprar na Shakespeare and Company, mas adquiri um livrinho de poemas bilíngue (francês e inglês) só sobre o amor.

Folha de Um Diário 1

Alguém acenda o sol, por favor!

Faz uns bons dias que não o vejo nesta nublada Curitiba.

Uma gripe forte me nocauteou.

A última sequência – "Summer Breeze", uma canção do AHA que não me recordo o nome e uma outra "Sunday Morning" – da FM Ouro Verde foi de matar de depressão.

Dormi parte da tarde, levantei, tomei um banho morno, coloquei roupas confortáveis (pra não dizer as velhas mesmo!) e comecei a escrever olhando pela janela.

As propagandas na FM vão de produtos eróticos, comida, celulares a carros. Prazer, prazer, prazer. Consumo ao extremo! Só rindo de desgosto mesmo! E a música (mais animadinha agora) diz "Keep on dancing, keep on dancing". Cruzes!

Deus me ajude a fazer os trabalhos pra entregar pras professoras Edair e Terezinha. Sinto-me uma lástima pra estudar! As minhas condições de produção não estão muito favoráveis, não! Alguém me ajude!!!

Estou com saudades do Bobby, que está no Vietnã agora. Ele, sim, é meu sonho de consumo! Experimentaria todos os produtos da tal loja de produtos eróticos com ele. Há! Há! Há! Estou até imaginando a cena! Eu não conseguiria parar de rir! E provavelmente estragaria tudo, mas que seria divertido, ah, isso seria!

Hoje é aniversário do Lewxam, Renato e Pe. Marcelo. Os dois primeiros são ex-paixões. Que estejam bem!

A Ludmila, 12 anos, vem fazer aula de reforço de inglês às 18h30, bem na hora que o Vinícius chega da escola. Não estou pra aula nenhuma. Já desmarquei um monte, mas essa eu tenho que dar, pois a benditinha vai ter prova no sábado.

Queria mesmo era que alguém cuidasse de mim, lavasse a louça acumulada, me fizesse uma janta, me abraçasse, ah! e me ajudasse com os trabalhos que tenho que entregar. Quero colo!

Marize me deu duas Coristinas D ontem e eu dei uma reagida.

A dor saiu do meu corpo. Agora só ficou a tosse, o nariz escorrendo, o mal-estar, o cansaço.

Nossa! Já recomeçaram as propagandas pro "Dia dos Namorados", que horror! Esse povo não perde tempo mesmo!

Acabo de ver um mendigo revirar o lixo da Ana Maria. Isso sim é um horror.

Sabe, vou comprar um CD com as melhoras canções da Rita Lee, só por causa de "Você e eu somos um caso sério, ao som de um bolero" – tão sofisticada!

Essa tarde está sendo uma tristeza só! Estou com saudade da minha família, do sol, de estar apaixonada e correspondida, de estar super envolvida com o mestrado. Que droga de tarde!

Preciso reagir. E já sei como! Vou desligar esta FM de músicas fúnebres! Enough! I've had it!

Stefan

A primeira vez que Stefan me visitou em casa foi numa tarde ensolarada de abril. Chegou, estacionou o carro na minha garagem, tirou os tênis de cano longo, colocou as sandálias confortáveis e se sentou no meu pequeno sofá. Conversamos por três horas ininterruptas. Como tínhamos assunto, meu Deus. Conversa em inglês entre um alemão da Bavária e uma brasileira do Mato Grosso do Sul.

Hoje, quando penso nesse homem, percebo o quanto ele me ajudou naquele ano. Ficamos amigos, nada mais sério aconteceu, mas nunca me senti tão querida. Stefan me olhava com uma ternura desconcertante, pondo fim a um longo período de invisibilidade minha.

Tenho a firme convicção de que ele se materializou de um sonho antigo meu (outra hora conto) e veio me socorrer num ano particularmente difícil.

Terminou o trabalho dele e ele teve de retornar para o seu país. Fiquei com um caderno cheio das nossas histórias e com a crença de que é possível ser feliz, sim, quando menos se espera.

Vó Carmelita

Estou contemplando o céu numa rara noite fresca campo-grandense, quando minha vó, tomada de poesia, me pergunta docemente: "E esse namoro com a lua, Nizinha?" Ela que era uma mulher simples de tudo, de uma sabedoria sem igual e de uma fé inabalável em Nossa Senhora, me ensinou, entre outras coisas, a rezar e a acender velas para agradecer as orações atendidas. Mascava fumo e era verdadeira prova de amor minha e de minhas irmãs buscarem sua latinha de cuspe para ela. Fazia a melhor carne de panela do mundo, porque ia pingando uma aguinha pacientemente a manhã inteira até que ficasse macia e suculenta. Orquestrou uma grande mudança de casa aos 77 anos. Eu a vi em cima do caminhão dando ordem aos homens que transportavam seus pertences. Quando éramos bem pequenas, passávamos as férias com ela e, para driblar a tristeza de ter de voltar para casa, deixávamos bilhetinhos cheios de um amor puro escondidos em vários lugares da sua casa, para ela ir descobrindo aos poucos. Cresci ouvindo seu falar espirituoso, coisas como "Conheço meu gado" e também outras impublicáveis. E quando, mulher adulta, fui me despedir dela um mês antes da sua morte, pude agradecer-lhe por tudo que ela havia feito por nós. Ela apenas me disse certeira: "Obrigação". Essa vó foi porto seguro e minha provedora de incondicional amor. Saudade.

Num Antigo Caderno: Jurandir

Após defender o mestrado na Engenharia Elétrica, Jurandir foi embora da república que dividia comigo e meu companheiro. Foi com a Maria, a namorada "oficial" de tantos anos, num Passat pra lá de abarrotado. Meu companheiro ficou dormindo. Fiquei no portão, com Vinícius na barriga, vendo o carro desaparecer na curva da Estrada da Rhodia. Naquele momento, tive a nítida impressão de que a música estava indo embora da nossa casa. Só então percebi o quanto gostava daquele nordestino sensível de Aracaju-SE. Se bem que ele me irritava um bocado por nunca ajudar na limpeza da casa, por puxar um fumo vez por outra e por levar meu namorado para os maus caminhos da mulherada sempre solidária daquele lugar, quando as oficiais não estavam na área.

Jura, como o chamávamos, se tornou, mais tarde, meu maior incentivador para escrever um livro. Ele sempre me dizia "Cadê o livro, Denize? Estou esperando seu livro, mulher!" Foi para ele que escrevi meu primeiro texto poético, "Bem-te-vi", quando ele veio com aquela história de me inscrever num concurso literário lá em Aracaju. Maluco de pedra! Só sei que senti um troço tão forte, que só sosseguei depois que escrevi o tal texto. Foi meu começo no mundo das palavras poéticas, para um público outro que não Sueli, minha amiga de tantas cartas.

Jurandir e Maria se casaram, foram para a França, pro doutorado dele, voltaram para o Brasil, tiveram um filho e estão lá em Aracaju.

Jurandir não responde e-mails com frequência, mas escrever para ele me dá um prazer enorme. Eu o elegi meu leitor ideal e divido com ele o que tenho de melhor. Sinto-me absolutamente estimulada quando escrevo algo que sei que ele vai ler com igual prazer. Devo ao Jurandir esse pontapé literário inicial.

Acabo de me lembrar de uma coisa interessante. Uma vez, quando morávamos juntos, ele ficou me esperando sair do banho para tirar uma foto: eu de vestido azul-marinho de algodão, cabelos molhados, calcinha lavada numa mão, rádio preto na outra. O susto, o riso, a foto! Por que será que Jurandir fez isso? Eu fiquei tão bonita, sorrisão, sensual até. Molecagem!

morte

Vigiar e Punir

Minha amiga tinha se apaixonado perdidamente por um professor que estava fazendo doutorado na cidade dela. Eles ficaram juntos. Uma coisa engraçada aconteceu com eles. Os dois estavam no maior rala e rola no apartamento de outra amiga quando, sem querer, esbarraram numa estante e caiu em cima deles um livro. Era o "Vigiar e punir", do Foucault. Riram muito, mas o sujeito teve de voltar para sua terra distante e minha amiga amargou uma fossa bem dolorida. Tão sofrida que ela deitava no sofá e queria morrer. Daí ela pegava no sono e ao acordar dizia desolada: "Ai, meu Deus, eu não morri, eu ainda estou aqui". Ela contava isso de um jeito tão engraçado que era impossível não rir. O tempo passou, ela se mudou, se casou, se separou. Um dia foi num congresso lá na terra distante. Bem no aeroporto, deu de cara com o antigo amor. A conversa foi intensa, cheia de saudade. O tempo era pouco; ambos tinham de pegar os respectivos aviões. Eles se despediram, mas era o aniversário dele e ele voltou e pediu um beijo para ela. Foi o último beijo deles. Algum tempo depois, ele morreu. Morreu do coração.

Valquíria 2

Seu sobrinho levou vinte anos pra me reencontrar. Pegou um Uber em Sorocaba e duas horas depois me visitou em Santo André. (Re)encontro cheio de uma saudade doída. Valquíria tinha nos deixado sem que a gente soubesse ao certo o que fazer sem ela. Ele me disse que eu continuava a mesma, sem tirar nem por da imagem que ele guardara de mim nos seus doze anos. Ele se transformou num belo rapaz, comunicativo, sensível. O que ele não percebeu foi que depois que ela se foi pra sempre, eu me virei do avesso pra dar conta de continuar aqui.

Valquíria 3

No reencontro com seu sobrinho, ele me contou sobre o bilhete que Valquíria escreveu e não teve tempo de entregar:

Não sabe fazer bolo
Não sabe fazer lasanha
Não sabe fazer nhoque e nem pudim
Não sabe fazer mil coisas, mas sabe ser a melhor
[mãe do mundo.
Sua Quília

Ele chorou. Eu emudeci. Ela nos encantou.

Folha de Um Diário 2

Acabei de discutir com meu pai.

Não quero mais que ele vá pra Curitiba comigo. Não preciso de quem me chama de idiota. Ele é um grosso, turrão, teimoso, dono da verdade. Que ele fique nessa tapera-prisão. Como ele mesmo diz:

— Eu quero isto aqui.

Pois bem, que se dane! Já fiz minha limpeza anual. Joguei fora muito lixo: 8 sacos de 100 litros! Preciso de um lugar para fazer minha dissertação. Decididamente não é esta casa horrorosa, sugadora de energia. Talvez com a ida do vampirão pra Piraputanga, amanhã as coisas melhorem.

Fui à missa das 6h15, na São José, pela segunda vez nesta semana. Proteção.

Liguei pra Sueli. Foi um alívio poder conversar com ela sobre tudo o que tenho vivido desde que cheguei aqui. Amo a Sueli.

Wagner me preocupa. Meu irmão caçula tem bebido muito, além da conta.

Jogo o lixo fora. Limpo tudo. Mudo móveis de lugar. Rezo. Ponho minhas músicas no CD player. Lavo roupas. É uma batalha. Perdida, temo eu. De alguma forma isso tudo me ajuda a me organizar internamente.

Wagner me disse que esta casa precisava de um toque feminino. Retruquei dizendo que precisava mesmo era de um trator feminino.

Peço a Deus paciência para aceitar as coisas que não consigo mudar nem compreender, como essa insistência do meu pai em continuar morando neste nojo de casa onde minha mãe morreu.

Deus, o que queres que eu faça? Que se faça a Tua vontade.

Que uma coisa bem boa me aconteça e afaste de mim essa tristeza, essa impotência que estou sentindo.

Sonhei que a Ísis tinha escrito uma carta me chamando e também a outras mulheres, para cuidar do A*. Fiquei grávida de uma menina e estava bem feliz. Vi o Bobby levando um cachorrinho para passear.

Deixei um bilhete pro Padre Afonso.

Outono

Será que a minha mãe também gostava de ficar olhando a tarde passar pela janela?

Será que ela gostava de ver o sol nas folhas das árvores?

Do que será que a minha mãe mais gostava de fazer à tarde: deitar, ouvir rádio, ficar com algum filho pequeno, sonhar?

Jamais vou saber. Eu me esqueci de fazer essas perguntas enquanto havia tempo.

Escadas

Se você ainda estivesse vivo muito dificilmente conseguiria visitar o apartamento de cada uma das suas três filhas. Muitas escadas pra chegar até elas. Inatingíveis?

Cantei para Você Morrer

Meu pai, você que foi meu verdadeiro teste de fogo nesta vida, passou os três últimos meses da sua intensa existência internado numa UTI em Campo Largo-PR. Problemas respiratórios de um fumante eterno. Cada visita era uma provação, um boletim médico diferente: às vezes pessimista; às vezes, esperançoso. Ainda conseguimos conversar, eu e o senhor, entre um delírio e outro. Num instante de lucidez, o senhor diz alto e forte: "Você vai ser avó, Denize". Num outro, me dá uma senhora bronca me chamando de tonta, bem ao seu estilo ingrato e duro. No entanto, os dias foram passando, sua consciência indo embora, seu corpo murchando até que o senhor ficou parecendo um bebezinho indefeso e frágil (palavras da sua caçula). Não havia mais o que fazer. Só esperar. Foi então, diante de tanta impotência e lembrando-me de quando tive meu bebê, duas décadas antes, que tive uma inspiração. Cheguei bem perto do seu ouvido, no meio de toda a parafernália do hospital e comecei a cantar bem baixinho pro senhor cantigas inventadas naquela hora, naquele momento sagrado. Poucos dias depois, o senhor dormiu para sempre.

Quando Eu Morrer

Quando eu morrer, mesmo que num flash de segundo, vou olhar para trás e, com certeza, vou me arrepender de algumas coisas:

1) de ter me torturado tanto com pensamentos cheios de culpa;
2) de ter dado tanta importância à opinião alheia;
3) de ter demorado para aprender a dizer não;
4) de ter tido tanto medo para ouvir minha própria voz.

Mas eu hei de me lembrar, também:

1) do bom número de pessoas que eu amei com toda a força do meu ser;
2) do exercício constante para perdoar quem me feriu;
3) da força para me levantar, quando tudo parecia sem sentido e sem cor;
4) do quanto eu me doei sem hesitar.

No final, vou poder descansar. Em paz.

Mel

Melissa, o que você quer? Não me diga que está contente com a vida que está levando: casa, trabalho, contas, família, lazer zero. Zero não, verdade seja dita, porque você passa as noites de sábado e manhãs de domingo lendo e ouvindo música. Um livro inteiro por final de semana! Isso é louvável mas, convenhamos, você precisa sair, ver gente, ser vista. Que história é essa de ficar escondida? Está se escondendo de quê? Ah! E não venha me dizer que está tudo bem. Não está e você bem sabe disso. Vou falar sim, vou falar e você trate de me ouvir. Já vivi mais que você. Respeite meus cabelos grisalhos. É que me corta o coração ver uma mulher tão bonita, inteligente, amorosa como você se escondendo em casa feito caramujo. Você já deve ter pressentido que não adianta nada, né? Uma hora, tudo isso que está aí dentro e que você guarda a sete chaves vai sair, vai sair com força. E eu não quero estar perto para ver o estrago. Mel, existe vida depois da separação. Existe vida depois do luto. Sim, sim, foram muitas perdas de uma vez só, eu sei, minha querida, mas até quando você vai viver em função disso? Chega, né? Já está de bom tamanho. Não chora, não. Ou melhor, chora sim. Chora tudo o que tem pra chorar. Agora lave esse rosto bonito, largue esse livro e faça um esforço pra sair dessa casa. Vamos caminhar um pouco. Vai te fazer bem. Você não está sozinha. Nunca esteve. Vamos.

casamento

Bruxinha

Eu tinha saído de casa com nosso pequeno pra uma casinha boa perto do terminal. Você ficou três dias sem aparecer. Nesse meio tempo, sonho que você dá um beijo nela e o beijo é bom. Digo isso de uma vez só, quando você finalmente aparece pra visitar nosso filho. Você só consegue dizer: "Você é uma bruxinha mesmo". Não, meu caro, eu só sei ler nas entrelinhas.

Ele Não Se Importa
(Para A. B. J.)

Ela deixou a cidade natal e se mudou para uma completamente desconhecida por ele.

Ela escreveu as mais belas e inspiradas cartas para ele.

Ela sonhou com ele de olhos abertos, olhando a foto da formatura pendurada no beliche do pensionato.

Ela mandou inúmeras mensagens telepáticas chamando-o.

Ela foi ao seu encontro para ouvir que ele ficaria com outra.

Ela foi ao inferno.

Ela perdeu seu norte, mas continuou sua dura luta pela sobrevivência.

Ela conheceu outro, engravidou, casou, separou. Esse outro também preferiu outra.

Ela se cansou de tanta perda e enlouqueceu.

Ela foi internada, medicada, analisada.

Ela pegou seu filho pequeno e mudou de cidade, de novo.

Ela trabalhou, rezou, se tratou e sobreviveu à tempestade.

Ela soube que o grande amor enviuvou e ela ficou atormentada.

Ela ainda o ama, agorinha teve outro sonho com ele, mas ele não se importa. Ele está longe demais.

PS: as escolhas foram todas dela. Não é que o A* não se importa. Ele fez outras escolhas. A vida é assim mesmo. E a dela tem sido riquíssima, apesar de tudo.

Primeira Série

Minha primeira professora era baixinha, nunca ria, de certa idade avançada e tinha uma régua comprida de madeira, que não hesitava bater nas cabeças. Não na minha, porque minha mãe, num ato de bravura, tinha ido lá conversar com ela e dizer que não era para ela me castigar como meu pai havia autorizado, mas sim chamá-la para resolverem qualquer problema relacionado a mim. Fiquei tão orgulhosa dessa mãe que surpreendentemente enfrentou a autoridade do marido truculento.

Pois bem, na minha sala tinha um menino bem danado, Tadeu, cuja história eu conhecia e era bem triste. Eu sabia porque ouvi a tia dele contar para a minha mãe. É que a mãe do Tadeu tinha ido embora e o deixou, mais o irmão, para trás. A tia foi visitá-los e encontrou os dois brincando numa enxurrada, em pleno temporal, correndo o maior perigo. Ela os resgatou e passou a cuidar deles. A mãe nunca mais voltou e parece que o pai já havia sumido há tempos também. Isso cortou meu coração de menina de sete anos.

Um belo dia, Tadeu aprontou na sala e nossa professora não teve dúvidas: lascou-lhe uma reguada na cabeça. Ah! Mas eu não suportei aquilo. Reuni toda minha coragem — eu que era tão medrosa — e fui falar com a megera. Fui contar para ela a triste história daquele menino, para ela não bater mais nele. Ela me ouviu e me mandou de volta para a carteira. Eu tremia, meu coração parecia que ia sair pela boca; no meu íntimo eu sabia que tinha agido certo. Mas o bendito do Tadeu não continuou tagarelando e fazendo bagunça? A professora gritou lá da frente para todo mundo ouvir: "Tadeu, se você não se comportar direito, vou colocar você de castigo e não vai adiantar sua advogada vir te defender". Fiquei tão indignada que só conseguia pensar "Menino ingrato, tá, deu".

Casamento

O casamento dos meus pais foi no mínimo violento. Uma mistura bombástica de loucura, alcoolismo, miséria. No auge da sua raiva minha mãe gritava para mim: "Estuda, minha filha, estuda. Casamento é isso que você está vendo". Não preciso nem dizer que eu fui a primeira da classe todos os anos que estudei. Cresci. Casei. Meu casamento, que não teve uma briga sequer, acabou. Foi então, por um acaso do destino, que me deparei com o famoso poema da Adélia Prado. Fiz uma cópia dele para me lembrar que casamento pode ser outra coisa. Alguns anos mais tarde, com meu filho moço, vi os tios da namorada dele limpando peixes juntos, como no poema da Adélia. Aí foi minha vez de dizer: "Filho, olha bem essa cena. Grave na sua memória. Casamento é isso que você está vendo".

Pedido de Casamento

Namoro longo. Gravidez. Pressão da família. Ele vai casar com você? Acho que sim. Vamos casar? Vamos casar antes do bebê nascer? Vamos? Tá bom, tá bom. *Vamos a esse cartório logo, agora, pra ver se você para de me encher o saco.* Conjunto de calça e blusa azuis-marinhos, para disfarçar um pouco a barriga. Casamento, finalmente. Ela não consegue beijá-lo na boca. Só abraçar. Triste.

Da Telepatia

Eu trabalhava na maior universidade do país e um dia me dei conta que havia conseguido lecionar no mesmo local em que aquele por quem eu fora perdidamente apaixonada fazia o doutorado. Então, numa terça-feira, pensei muito forte, muito forte mesmo:

— A. B. J., eu cheguei até aqui. Leciono onde você estuda, então apareça! Não importa onde você está agora neste momento: aqui em São Paulo, no interior ou mesmo em Campo Grande. Apareça! É um desaforo você não vir me encontrar aqui.

Pois bem, na quinta-feira, depois da aula, ainda fiquei conversando com um aluno sobre o filme Blade Runner. Quando finalmente voltei pro meu departamento, vejo um homem apontando pro relógio, como a me dizer: "está atrasada". Era ele. Só consegui dizer: "Eu te chamei, eu te chamei, a telepatia funcionou". E ele: "eu sabia que você ia dizer isso!" Tínhamos pouco tempo, só uma hora pra almoçar. A conversa foi boa, cheia de saudade e ele me fez ver que a minha vida estava muito complicada, que eu precisava me cuidar, que não valia a pena correr tanto, desesperada. Ele foi lá só pra me dar esse recado. Nem eu havia percebido como minha vida estava uma loucura: viajando pra trabalhar, filho bebê, marido estudante, depressão pra administrar, contas pra pagar etc., etc., etc. As coisas pioraram muito depois desse encontro, mas uma grande mudança estava a caminho também.

filho pequeno

Hospital Pequeno Príncipe 1

Vinícius está internado na emergência desde às 19h, tomando soro. No momento ele dorme. Estou passada: não sinto fome, frio, cansaço. Há o risco de alguma outra infecção estar acontecendo ao mesmo tempo, além da garganta. O resultado do hemograma sairá às 23h30. Se der tudo bem, a gente volta pra casa, senão ele já fica internado. Graças a Deus, o convênio do pai dele cobre todos os gastos.

Marize acabou de me ligar no celular.

Parece até uma coisa: toda vez que esse menino está prestes a ir pra Campinas, fica doente. Chantagem, diria a madrasta.

Estou arrasada. Só quero que Vinícius fique bem logo. Estou me sentindo tão culpada por ter ficado deprimida nos últimos tempos. Tenho lutado pra ser uma boa mãe, mas é tão difícil me manter forte o tempo todo.

Eu esperava que ele reagisse logo e, quem sabe, voltasse à escola amanhã mesmo. Ledo engano. Ele só fez piorar. Nunca tinha visto meu filho tão baqueado e com olhar tão distante. Tenho medo que ele morra. Infelizmente é isso que passa pela minha cabeça. Viver sem o Vinícius não terá mais sentido nenhum, então.

A Trícia morreu recentemente e a ideia da morte está muito presente.

Vinícius acabou de me dizer "Minha vida é uma bomba". Perguntei "Por quê?" Ele disse: "Não sei". E voltou a dormir.

Nada me alegra hoje, só a recuperação do meu filho. Estou zangada com Deus. Sinto-me tão pequena, uma droga de mãe, uma mulher perdida. Queria poder gritar, chorar, quebrar tudo, mas não consigo. Nada disso adiantaria muita coisa. Tenho sono. Queria esquecer. Meu pequeno príncipe sonha. Que ele sonhe em paz.

Hospital Pequeno Príncipe 2

Vinícius dorme. Dei um banho nele agora cedo, ao som de suas reclamações. Tomei banho também. Arrumei nossas poucas coisas na mala que a Marize trouxe. Ouvi um pouco de música. Annie Lennox é o que mais me interessa ouvir no momento (*Broken glass: I feel just like I'm walking on broken glass*).

Ontem Vinícius fez exame de medula. O resultado sai hoje à tarde. Que não haja blastos, células de leucemia. Que eu perca tudo, menos o meu filho. "Deus, não se atreva a levá-lo de mim. Não se atreva! Me arranque tudo, menos esta criança, eu imploro".

Ontem consegui chorar. Chorei pra valer.

Estou com tanto medo.

Marize tem sido forte e um grande apoio. Francisco também. Neide liga da Inglaterra várias vezes. Os amigos também. Seu pai já ligou várias vezes de Campinas. Graças a Deus, pois me recuso a falar com a madrasta agora.

Sinto-me a pior das mães por causa da alimentação ruim do Vinícius. Sinto-me tão culpada por ter ficado deprimida dias e dias, mas eu estava lutando pra que ele tivesse uma casa limpa, roupas limpas, comidas prediletas, escola, carinho, amor e alguma diversão. Eu estava em pedaços por dentro nas últimas semanas, mas, ainda assim estava cuidando dele. Mas parece que não foi suficiente.

Eu pedi um MILAGRE pra Deus. Que ele venha em forma de saúde para o meu filho.

Vinícius acordou. Vou dar o café da manhã pra ele.

Em tempo: meu apetite continua o mesmo. Que horror!

Da Saudade

Meu filho era bem pequeno, uns dois aninhos só. Nós havíamos nos mudado para uma casinha que procurei deixar o mais aconchegante possível, depois da separação. Coloquei os porta-retratos na altura dele para que ele pudesse visualizá-los sem dificuldade. Um dia, ele olha para um deles, onde aparece o pai dele o carregando no colo, aponta pra foto, me olha com tristeza e me diz "Dói, dói". Corri pra abraçá-lo bem forte e só consegui dizer "vai passar, meu amor, vai passar, vamos ficar bem".

Naquele momento, um pensamento cheio de culpa me ocorreu: "o que foi que eu fiz?", mas já era tarde, já estava feito. Então era a hora de acolher a dor e seguir em frente com aquela criaturinha que sintetizava com essas duas palavras tudo o que nós todos estávamos sentindo.

Da Compensação

Oleta Adams foi cantar em Curitiba – PR num *Free jazz*. Eu, desempregada, não tinha dinheiro para comprar o ingresso. Pedi pra uma grande amiga, minha mãe adotiva de Campinas e ela gentilmente me presenteou com a quantia necessária. Só que quando o dinheiro chegou, olhei pro meu filho pequeno, olhei pra geladeira vazia e só consegui pensar: "não vai rolar a Oleta, não vai". Fui ao supermercado e enchi a geladeira. Eu ficava me consolando dizendo pra mim mesma: "está tudo certo, '*Get here*' teria me derrubado. Melhor ouvir o CD na segurança do meu quarto". Alguns anos depois, eu já estava morando em Campo Mourão-PR, quando outro cantor que eu amava foi cantar em Curitiba, era o Seal. Meu Deus, fiquei louca, eu tinha que ir a esse show, mas como justificar uma viagem pra capital no início da semana quando eu, ainda por cima, tinha reunião de coordenação na universidade onde trabalhava? Como que por milagre, apareceu uma reunião do sindicato bem no dia do show, com passagens e diárias pagas e, melhor ainda, a justificativa de me mandarem pra Curitiba. Chegando lá, rezei a Deus pedindo ajuda pra eu comprar o ingresso e poder ir ao show depois da reunião. Pois não é que meu cunhado ligou pra FM Transamérica Light e foi sorteado com dois ingressos!? E ele não só me deu um, como me acompanhou até o show do Seal que foi incrível. Resumo da ópera: ganhei absolutamente tudo, tudo mesmo pra poder ir a esse show que alegrou muito meu coração. Isso me fez ter a certeza de que o que eu havia feito, alguns anos antes, abrindo mão de algo que eu realmente queria muito, por amor a uma criaturinha incrível, não foi em vão, e que alguém lá em cima realmente gosta muito de mim.

tempo

Da Sua História

Nunca foi fácil. Sua mãe havia enlouquecido e seu pai decidiu distribuir todos os quatro filhos. Ela foi adotada por um casal, ela dona de casa, ele fazendeiro. Cresceu cercada de cuidados e conforto. Estudou. Viajou com esses novos pais. Cresceu e se apaixonou por um piloto. Ele não ficou com ela. Mais uma vez rejeitada. Outro rapaz a conheceu e ficou muito atraído por essa morena de olhar doce, mas distante. Tanto insistiu que acabaram casando. O sonho dela era ter um nome e sua própria família. Primeira gravidez e ela começou a dar sinais de que alguma coisa estava errada, muito errada. Voltaram para a cidade de origem. O bebê nasceu; uma menina. Mais cinco filhos vieram depois dessa filha. Entre um filho e outro, muita briga acirrada, um inferno. Ela, então, começou a enlouquecer. Gradativamente. A miséria havia se instalado na sua casa. Sua pouca alegria na lucidez eram os filhos que ela amava com toda a força que lhe restava. Um dia, por problemas circulatórios e respiratórios, parou de respirar. Não deixou pertence algum pra trás. Levou consigo apenas o sonho realizado.

Vômito

Até quando você vai ficar guardando calada essa porcariada toda aí dentro? Faça não 108, mas 1008 Ho'oponopono até limpar cada uma dessas memórias encardidas. Se não resolver, grite. Grite muito e faça-me o favor, bota tudo pra fora. De uma vez por todas.

Viagem

Esse ônibus rasga a madrugada e me leva insone para casa. Pensamentos vários me atormentam. Fico de olhos bem abertos para não deixar nenhum deles escapar. Acendo a luz e registro as palavras que chegam sem dó nem piedade. Mais quatro horas e isso tudo acaba. Ou recomeça?

Uma Certa Tarde

Estou muito cansada, triste, pesada. Entro no quarto da minha avó. Tudo arrumado, acolhedor. O silêncio quebrado apenas pelo tic-tac do antigo relógio. Preciso me deitar. Preciso. Deito do lado contrário da cama, com os pés para a cabeceira. Olho para a janela e percebo uma luz suave que chega até mim. Poderia ficar ali uma eternidade inteira mas, por hora, basta que eu adormeça e esqueça. Um sonho sem dor me espera.

Relógio

Neste quarto de estudo o relógio me diz: o tempo que passa, o tempo que passa, o tempo que passa. Não quero pensar em nada. Não quero sentir nada. Só quero estar aqui rodeada pelos meus livros e cadernos, fotos e cacarecos. Lá fora, barulho de carros. Aqui dentro, silêncio de cemitério. Mas o relógio insiste em me lembrar do tempo que passa, o tempo que passa, o tempo que passa.

Livros

Domingo à noite. Não quero ficar no meu quarto. Não quero ficar na sala. Não quero ficar na cozinha. O único lugar que quero ficar é no quarto dos livros. Hoje preciso ficar perto dos meus livros. Só eles podem me abraçar e acolher esse meu sentimento de solidão. Eles me fazem uma companhia boa, não perguntam nada (muito pelo contrário, oferecem variadas respostas), não me julgam, não me aborrecem. Só quero ficar aqui na presença deles todos. Isso conforta meu espírito. Preciso ficar um tempo aqui me aquietando, serenando os pensamentos, deixando essa leve melancolia ir embora. Daqui a pouco escolho um deles e mergulho nas suas páginas antes do sono chegar. Esse pensamento é bom e aquece meu coração de leitora carente.

Da Não Liberdade ou Do Canto Triste

Meu vizinho mantém um passarinho numa gaiola. Invariavelmente acordo com o canto triste e perseverante dessa criatura. Sinto vontade de ir lá em cima, invadir o apartamento e soltar a ave. Faria isso numa rapidez estonteante que nem daria tempo do seu dono (?) me impedir. E é lógico que quando ele se desse conta do meu feito, gritaria a plenos pulmões "enlouqueceu, professora, você não pode ir entrando na casa dos outros assim, posso mandar te prender!" Faça isso, meu caro.

Anjos

Parada, pensativa como se eu quisesse falar com os anjos. É assim que me encontro neste início de tarde dominical. O apartamento silencioso. Lá fora, o canto do passarinho preso e dos outros livres em festa. Um calor entorpecente. Uma urgência de escrever para não sofrer. O domingo se arrasta. Uma possibilidade de chuva; chuva prazenteira pra molhar a roseira que não tenho.

leves

Baratas

Desde que li "Metamorfose", do Kafka, não consigo mais matar barata nenhuma. Isso porque não li a "Paixão segundo GH", da Clarice Lispector. Vai saber se é o Gregor ou um petisco? Prefiro falar para as baratas que aqui neste apartamento não é o lugar delas, que procurem outro lugar.

Bicicleta

Aprendendo a andar de bicicleta com meu pai. É lógico que eu estava apavorada, mas ele segurou a garupa conversando comigo e depois, quando eu nem percebi, me soltou. Liberdade!

George Benson

Os três shows que eu vi do George Benson me fizeram realmente feliz. Ouvir minhas músicas prediletas ao vivo e ainda entender o que o George disse para a plateia, em inglês, foi uma experiência ímpar.

Notre Dame

Dez meses antes de pegar fogo. Imponente. Linda. Um cordão de isolamento separa a multidão de turistas da missa que está acontecendo. Saio da fila e, ao som de um órgão, acendo uma vela para agradecer por aquela oportunidade tão sagrada. Volto pra fila. Caminho devagar. Percebo admirada que aquele é o momento da comunhão. A segurança vê meu olhar admirado e levanta o cordão pra eu comungar também. Tudo muito rápido. *Merci, merci*. Deixo a igreja me sentindo a mais amada e protegida criatura do universo. Universo imenso e generoso.

Pássaros

Hoje, enquanto caminhava pela avenida Manoel Mendes, em Campo Mourão-PR, vi um filhotinho de passarinho voar e ir para o meio da rua, outro mais velho veio e ficou perto dele. Rezei para eles escaparem do carro que se aproximava. Eles voaram sãos e salvos! Alívio. Oração respondida prontamente continuei minha caminhada feliz na tarde que terminava suave e alaranjadamente.

Cidades

1) CUIABÁ – Fui feita.
2) CAMPO GRANDE – Nasci, cresci, fugi.
3) CAMPINAS – Fui mãe.
4) AQUIDAUANA – Passei calor. Amei.
5) SÃO PAULO – Enlouqueci.
6) CURITIBA – Fui cuidada.
7) FLORIANÓPOLIS – Virei mestre.
8) CAMPO MOURÃO – Voltei a sorrir.
9) LONDRES – Realizei o sonho.
10) PARIS – Me superei.

Recado

Sonho que saio de uma casa. Vejo uma estradinha de terra e, lá no fundo, vários cachorros. Sinto medo deles, de passar por eles. Uma voz masculina atrás de mim me diz firme: "Denize, enfrente seus medos, seus inimigos, seus demônios". Então me ponho a caminhar e um dos cachorros vem em minha direção. É um vira-lata. Olho bem feio pra ele na tentativa de demonstrar coragem. Ele chega bem perto de mim. Só quer brincar. Acordo. Recado mais que dado.

Salsichas

Eu morava na Moradia Estudantil da UNICAMP, em Barão Geraldo. Era um feriado prolongado e uma das minhas companheiras de república, a única que tinha alguns trocados, comprou salsichas, um monte! Gente, depois do quarto dia eu não podia mais ver as ditas cujas. Na segunda-feira, bem cedo, eu era a primeira na fila do bandejão, mas qual o cardápio? Isso mesmo, salsichas! Quis chorar de desgosto. Acho que é desde esse dia que não como mais cachorro-quente com tanto gosto.

Texto para Raul K. (Editora Kotter)

Da publicação do meu primeiro livro

Sou da época das cartas. Saí de casa em Campo Grande-MS, aos 22 anos, para morar e estudar em Campinas-SP. A saudade me matava, mas não era possível voltar pra casa com frequência. Então eu escrevia cartas e mais cartas para meu pai, minhas irmãs, meus irmãos, minhas amigas, para o cara por quem eu era descabidamente apaixonada e que mesmo assim não ficou comigo. Algumas, muitas delas, eu recuperei e guardo em caixas de papelão coloridas até hoje.

Com 30 anos, separada, desempregada, doente, voltei pra casa miserável do meu pai viúvo em Campo Grande-MS para resgatar o "karma", como eu costumo brincar. De novo, me sentia muito sozinha, visto que grandes amizades tinham ficado em Campinas-SP.

Ao levar meu pequeno filho para tomar sol numa pracinha, tive a intuição de levar um caderno e caneta comigo. Eu usava esse cadernão, inicialmente, para preparar aulas de inglês. Comecei a escrever, a abrir meu coração nele e foi muito terapêutico, libertador mesmo. Eu iniciava minha escrita de diários. Era 1999 e não parei mais.

Em 2004, tomei coragem de mostrar dois diários para uma amiga, professora universitária de literatura e suas duas filhas. Elas gostaram muito do que leram. A filha mais velha me disse que não sabia se ria ou se chorava. Elas me incentivaram a publicá-los. Alguma tentativa foi feita, mas o projeto não decolou. Continuei a prática de escrever diários ganhando muitos cadernos lindos de uma grande amiga de Curitiba-PR, onde morei por seis anos depois que saí da casa do pai de novo e definitivamente. Passei a comprar cadernos de diversos tamanhos e canetas gostosas para mim e para presentear também, por ter percebido que isso poderia ajudar muita gente. Em 2010, tomei conhecimento do curso de escrita criativa da PUC-RS e adquiri a bibliografia recomendada das duas oficinas de criação literária e passei a fazer sozinha alguns exercícios de escrita. Então, sem saber, comecei a escrever o que hoje se denomina minicontos.

Morando em Campo Mourão-PR atualmente, onde passei num concurso para trabalhar como professora de inglês numa universidade federal, conheci um escritor, meu primeiro coordenador na instituição. Mostrei a ele meus diários de 2004 que tinham sido digitados por uma amiga. Ele leu do começo ao fim, gostou, mas decretou a sentença: "É muita exposição". Engavetei o projeto, mas outras amigas que sabiam que eu gostava de escrever ficaram me incentivando para eu publicar um livro com minhas histórias. Então, no ano passado, 2018, pensei: "Este livro já está escrito. Só preciso organizar". Tive a ideia de reunir algumas cartas, e-mails, trechos de diários, whatsapps, trechos da dissertação de mestrado e novamente pedi a uma amiga para digitar tudo, pois estava praticamente tudo escrito à mão nos meus inúmeros cadernos! Então, tomei coragem e mostrei para o meu amigo escritor-professor de literatura de novo. Dessa vez ele gostou bem mais, porém continuou achando que eu ainda estava me expondo.

Minha grande amiga de Curitiba-PR, ela também escritora agora, revisou meus textos com todo amor e mostrou para um colega que trabalha numa editora em Curitiba, a Kotter. Esse rapaz leu meu manuscrito e se interessou de imediato em publicá-lo. Ele me pediu para eu começar a divulgar alguns textos antes do lançamento, e eu o fiz, mas confesso que foi assustador. Vi pessoas rindo, chorando, acessando suas próprias memórias afetivas ao lerem meus minicontos. Eu só pensava: "O que foi que eu fiz, meu Deus?" Na verdade. Depois do meu filho, esse livro primeiro é a coisa mais bonita que fiz na vida. Que o "Caleidoscópio" venha à luz envolto em muito amor e cura. Gratidão.

Denize Ricardi. Campo Mourão, março de 2019.

Londres pela Primeira Vez

Chego na grande estação. Táxi preto. Motorista indiano. O momento é sagrado, solene. Realização de um sonho antigo. Mas nenhum sorriso? Não. O instante pede silêncio. Eu não sei ainda, mas naquela mesma hora a amiga inglesa está sendo enterrada bem longe da sua Londres, mas na minha cidade natal, Campo Grande.

Sala

Ouvindo Paul Hardcastle: *Smooth Jazz is Bumpin'* na sala iluminada pelo sol da manhã e pensando que vida mais besta essa. Eu aqui agradecendo pela presença angelical neste apartamento e a vó paterna do meu filho com dificuldade pra respirar lá em Rondônia. Como entender essa vida? Na paz desta sala penso em todas as bondades que essa mulher fez e só queria estar com ela neste momento em que ela caminha, gradativa e dolorosamente, para o fim. Só posso acolher este momento aqui, agora em que me sinto serena ao som dessa música e enviar, em pensamento, telepaticamente, todo o meu amor para essa avó. Vida e morte andam juntas, afinal de contas.

curtinhas

Voo Pássaro

No canto de um pássaro, voo.

Acordada

Esse cheiro de café, minha irmã, arranca de mim qualquer possibilidade de tristeza.

Ensolarada

Esse sol maroto me envolve inteira e me deixa acesa feito menina danada.

Pedido

Menino do Rio, deixa de bobagem e me convida para ver o mar.

Oração

Santo Antônio, para de me ignorar e me dê uma alegria, uma alegriazinha que seja...

Ligeira

Menina sapeca, por que corre tanto? Onde quer chegar? Não se esqueça de levar seu sonho.

Mantra

Minha vida não pode ser só isso.

Sábado à noite

Livro e jazz. Saia do casulo.

Desavisado

Uma caneta, um caderno. Tudo que eu preciso para te envolver, surpreender, perturbar, abandonar.

Balanço

Um, destruiu sua inocência. O outro, te desprezou. Já não passou da hora de liberar esses desgraçados? *Let go and let God*, mulher.

Espelho

É tudo uma questão de se perceber, se perdoar, caminhar.

Leve

Banho, lavanda, vestido. De algodão.

Fome

De vencer o medo.

Idealização

De um tempo que só existiu na imaginação.

Amor

Compreensão do tempo do outro.

Sede

Secura na (p)alma.

Música

Transporte para outros mundos.

Tédio

— Ler? Escrever? O que fazer?
— Viver.

Espera

É inverno. Chove. Continuo te esperando. Em vão?

P.S.: Waiting in vain, com Nicole Henry.

Promessa

Prometi pra minha mãe que seríamos felizes. Muito. Mesmo. Eu sou.